LES ÉTATS-UNIS.

A

M. CASIMIR DELAVIGNE.

PAR A. CHAMBOLLE.

PARIS,

CHEZ J.-L.-J. BRIÈRE, LIBRAIRE,

RUE SAINT-ANDRÉ-DES-ARTS, N° 68.

ET CHEZ TOUS LES MARCHANDS DE NOUVEAUTÉS.

1825.

IMPRIMERIE DE A. BELIN.

LES ÉTATS-UNIS.

PARIS, IMPRIMERIE DE A. BELIN,
rue des Mathurins Saint-Jacques, n. 14.

LES ÉTATS-UNIS.

A

M. CASIMIR DELAVIGNE.

PAR A. CHAMBOLLE.

PARIS,

CHEZ J.-L.-J. BRIÈRE, LIBRAIRE,

RUE SAINT-ANDRÉ-DES-ARTS, Nº 68.

ET CHEZ TOUS LES MARCHANDS DE NOUVEAUTÉS.

1825.

LES ÉTATS-UNIS.

A

M. CASIMIR DELAVIGNE.

Toi qui charmais la France au bruit de tes concerts,
Toi qui nous consolais, veille, jeune poète !
Encor de nouveaux chants ! nous sentirions nos fers,
    Si ta lyre restait muette.

Quand tu te levas seul pour pleurer nos malheurs,
Quand ta voix, rassurant nos cités en alarmes,
Défiait l'ennemi, même au bruit de ses armes,
Il ne t'a point puni de tes nobles douleurs.

    D'un beau talent, d'un grand courage,
Fais briller à nos yeux la double majesté,

Flétris les oppresseurs, repousse l'esclavage,
Et du moins dans tes vers sauve la liberté!

L'illustre vétéran* qui lui resta fidèle,
Que sa main couronna dans les deux univers,
Fuit le nôtre, et son cœur porte au delà des mers
Tous les grands souvenirs qu'il a conservés d'elle.
Que parmi les Français ta muse les rappelle;
　　　Qu'ils vivent plus grands dans tes vers!

Émule de ton cœur et non de ton génie,
Moi que l'humanité peut rendre audacieux,
　　　Je conduirai sous d'autres cieux
Tous les infortunés qui n'ont plus de patrie**.

L'Europe sans pitié les bannit de son sein :
　　　Reçois-les avec confiance,
　　　Ouvre tes ports, Américain,
C'est à des fugitifs que tu dois la naissance.

　　　Quelques sectaires inspirés[1],
Librement asservis à des règles austères,
Ne sont-ils pas venus, sur des bords ignorés,

* La Fayette. — ** Champ d'Asile.

Mêlant aux lois de Penn leurs pieuses chimères,
        Fonder une ville de frères?
Ridicules alors! maintenant admirés!

        Quand délaissés, sur le rivage[2]
Où s'élèvent les murs de la riche Boston,
        Les fils du superbe Breton
Avaient enfin perdu l'espoir et le courage,
Un peuple, souverain de ces vastes forêts,
        Dans une rencontre soudaine,
Les vit sans être ému ni d'effroi ni de haine,
Et dans leurs traits nouveaux il reconnut ses traits.
A ses dons il joignit des avis salutaires;
Du fleuve accoutumé sonda pour eux les eaux;
Des ours et des élans leur marqua les repaires,
Et par des soins touchans dirigea leurs travaux.
Songez, Américains, qu'une tribu grossière
Secourut vos aïeux et fut hospitalière!

Dans vos bois ces guerriers se montrent-ils encor[3],
        Couverts d'un manteau de castor?
        Voyez-vous, au jour du carnage,
        Le vainqueur, du bout de ses traits,

Pour éterniser ses hauts faits,
Sur l'écorce d'un cèdre imprimer son image ?

Voyez-vous le vaincu, déchiré par lambeaux,
Lever son front brûlé par une hache ardente?
Il chante ses exploits, près d'expirer il chante,
Et menace encor ses bourreaux :

« Lâches, leur dit sa voix héroïque et barbare,
« Qu'ainsi votre supplice amuse mes enfans,
« Qu'ils comptent vos soupirs, et que leur toit se pare
« De vos cheveux sanglans ! »

De ces cruelles mœurs efface les vestiges,
O lumière des arts, brille sur ce climat;
Ouverte à tes rayons, belle de ton éclat,
Qu'une terre sauvage enfante des prodiges !
Que l'exilé, par ses travaux,
Porte dans ces déserts la vie et la culture :
Ces lacs majestueux creusés par la nature,
Dont la frêle pirogue ose insulter les eaux,
Attendent que sa main les couvre de vaisseaux.

Warren, Adams, Franklin, que votre exemple apprenne[4]
Si le Sénat romain n'a dû sa majesté
 Qu'à la fierté praticienne.
Un sénat sans orgueil est-il moins respecté?

Ordonnez de combattre : à votre voix chérie
 On s'agite de toutes parts ;
 Ce n'est plus un peuple en furie
Qui sur le Mont Sacré porte ses étendards....
Non, c'est un peuple armé pour venger la patrie!

 Entendez-vous : liberté ! liberté !
C'est en vain que l'Anglais présage leur ruine :
Ce cri va retentir, mille fois répété,
De hameaux en hameaux, de colline en colline.

Autour de cette tente accourez vous ranger,
Levez-vous, défenseurs de la jeune Amérique,
 Sans craindre de vous partager
 Entre un homme et la République.

Cet homme est Washington : en volant au danger,
Ne vous alarmez pas, compagnons de sa gloire,
Vous ne sentirez point le joug de la victoire
 Après celui de l'étranger.

Pourquoi tant vanter vos annales,
Nations du vieil univers?
A peine, en vingt siècles divers,
Quelques nobles vertus brillent par intervalles.
L'Amérique naissante opposant Washington
A tous vos héros, à vos sages,
Balancera par un seul nom
Cette grandeur de tous les âges.

Mais ne séparons point deux illustres amis :
Ceints du même laurier, Washington, La Fayette,
A la postérité doivent passer unis,
Comme Achille et Patrocle, Hercule et Philoctète.

Toi, qui de ta patrie aurais été l'orgueil,
Arnold [5], elle a pleuré sur ta gloire flétrie;
Marquera-t-elle par le deuil
Le jour où tu reçus, où tu quittas la vie ?
Juste, même envers toi, ne crains pas qu'elle oublie,
Que les fiers accens de ta voix
Arrachaient ses enfans à de lâches alarmes,
Et que dans les combats tes conseils et tes armes
Ranimaient son courage et soutenaient ses droits.

A ta noble valeur le Sénat se confie.

Vois-tu ce roc altier que l'Hudson en furie

Cherche en vain à troubler du fracas de ses eaux?

Va, guerrier citoyen, y planter tes drapeaux,

Du haut de ce rempart veille sur ta patrie.

  Tel l'oiseau du maître des dieux,

  Inaccessible dans son aire,

  Repose à côté du tonnerre,

Et pour saisir sa proie abandonne les cieux.

La nuit a redoublé l'horreur de ses ténèbres ;

Des flancs creux du rocher partent des cris funèbres

Qui viennent expirer sur le fleuve du Nord,

Son flot bat en grondant une barque légère :

C'est un soldat, sans nom dans la troupe étrangère,

Qui des Américains vient marchander le sort.

Voici l'Anglais, Arnold, avance sans alarmes ;

  Tandis qu'ils reposent encor,

  Livre tes vieux compagnons d'armes,

  Et vends ton pays pour de l'or !

Que ses concitoyens maudissent sa mémoire,

  Même quand leur antique histoire

Placera Washington, dans ses récits confus,
Au rang des dieux mortels plus chéris que connus ;
    Et quand la puissante Amérique
Sous l'appui de ce dieu qui reconnut ses droits,
Aura vu s'écouler, dans un cours héroïque,
Les siècles de grandeur que présagent ses lois.

    Finissez vos sanglans ravages,
Le ciel a prononcé : retirez-vous, Anglais !
Fuyez, la liberté règne sur ces rivages,
Reculez devant elle et devant les Français.

    Par une secousse profonde
Cette jeune immortelle, ébranlant le vieux monde,
    Pousse leur flotte vers ces bords :
    Hâtez-vous, ils sont dans vos ports !
Ils touchent l'Amérique, elle est indépendante.
France, réjouis-toi d'avoir brisé ses fers :
    La liberté reconnaissante
Sur tes vaisseaux va traverser les mers.

Elle arrive au milieu des pompes d'une fête
Que remplacent trop tôt le silence et le deuil,

Dans Paris je la vois sur un royal cercueil
Pleurer, et de cyprès environner sa tête.

    Elle s'enfuit... dans les combats
    Jetant son glaive et sa bannière.
    Un héros, ses camps, ses soldats,
    Remplissent seuls l'Europe entière !
Mais de ses longs exploits pourquoi s'entretenir,
Sa gloire est un malheur et son nom décourage ;
Détournons nos regards vers un autre rivage,
    Et ne gardons qu'un souvenir.

Jadis le Créateur, ayant maudit la terre,
Allait la replonger dans la nuit du chaos ;
    Quand le souffle de sa colère
Sur la face du globe eut dispersé les flots,
Il s'émut, à l'aspect d'un si vaste naufrage,
Et, trop vengé, voulant ranimer l'Univers,
    Soutint, sur l'abîme des mers,
Une famille sainte au milieu des pervers
    En qui survivait son ouvrage.

    La liberté n'a plus d'autel.
Par des ingrats elle est abandonnée ;

Dans un esclavage éternel
Notre race à languir est-elle condamnée ?
Non ! la famille sainte, Américains, c'est vous !
Le despotisme nous inonde,
Enchainez ses flots en courroux,
Une seconde fois renouvelez le monde !

NOTES.

---

¹ *Quelques sectaires inspirés ,*

Les Quakers ou Trembleurs, persécutés par le clergé dans leur patrie, parce qu'ils refusaient de payer la dîme et autres taxes de même nature, suivirent Guillaume Penn au nombre de deux mille , l'an 1681 , et allèrent fonder l'État de Pensylvanie. Des hommes de toutes les sectes , de toutes les nations accourus sur cette terre, où ils trouvaient la tolérance et la liberté rendirent bientôt la colonie florissante.... (*Voyez* RAYNAL , *Hist. phil.*)

² *Quand délaissés , sur le rivage*

Les Presbytériens, chassés par une persécution semblable, arrivèrent dans le nord de l'Amérique au commencement d'un hiver très-rigoureux. La moitié périt de faim et de misère, les autres allaient aussi périr, quand soixante guerriers sauvages les rencontrèrent dans leurs forêts. L'un d'eux qui savait un peu d'anglais resta parmi les Européens pour leur apprendre la culture du maïs, et la manière de pêcher sur une côte inconnue.

³ *Dans vos bois ces guerriers se montrent-ils encor*

Voyez dans tous les auteurs qui ont écrit sur l'Amérique du nord , les mœurs des anciens habitans de cette contrée.

⁴ WARREN , ADAMS , FRANKLIN , *que votre exemple apprenne*

L'indépendance Américaine fut l'œuvre de la nation entière, et nous ne pouvons citer tous les noms illustrés par ce grand événement. N'oublions pas cependant Hancook, Jefferson et le brave général Gates.

⁵ *Toi, qui de ta patrie aurais été l'orgueil,*

Arnold, fameux par son expédition du Canada , et par des exploits qui tenaient du prodige, l'est devenu bien plus encore par sa trahison. Il vendit et voulut livrer aux Anglais le fort de West-Point, le palladium de la liberté Américaine. Dans ce dessein il avait entretenu une correspondance avec le major André, officier de Clinton. Au moment de l'exécution, celui-ci vint le trouver dans une maison isolée sur les bords de l'Hudson. Ils y passèrent toute la nuit. Au point du jour, André craignant d'être reconnu, se mit en route avec les passeports qu'il avait reçus d'Arnold. Arrêté à Tarry-Town par quelques miliciens, il se troubla et leur offrit sa bourse pleine d'or. Condamné par un conseil de guerre à être pendu comme espion, il ennoblit sa mort en la subissant avec courage. Arnold, moins malheureux et plus coupable, eut la honte de vaincre plus d'une fois ses anciens compagnons d'armes, mais il fut le seul traître de son pays.

OUVRAGES NOUVEAUX

Qui se trouvent chez le même Libraire.

DITHYRAMBE sur LE CHANT DU SACRE de M. de Lamartine. Prix, 1 fr.

TRIOMPHES DU GÉNIE dans la Grèce antique et dans la Grèce moderne, précédés d'une épître à lord Cochrane. Prix, 1 f. 25 c.

LAIDEUR ET BEAUTÉ, ou le Nouveau Lovelace. 1 vol. in-12. Prix, 3 fr.

9 782329 159621